レインボールームのエマ

おしごとのおはなし　スクールカウンセラー

戸《と》森《もり》しるこ 作
佐《さ》藤《とう》真《ま》紀《き》子《こ》 絵

講談社

南校舎《みなみこうしゃ》の一階《かい》に、
レインボールームというところがある。
あたしはずっとそこにいて、
いつもみんなのことを見《み》てるのよ。

あたしはポケットに入《はい》るくらいに小《ちい》さいけれど、
人間《にんげん》の女《おんな》の子《こ》と同《おな》じように、いろんなことを
考《かんが》えているし、ちゃんと名前《なまえ》だってあるわ。
あたしの名前《なまえ》は、エマ。
　ずっとむかし、
仲《なか》のよかった持《も》ち主《ぬし》の女《おんな》の子《こ》が、

この名前《なまえ》をつけてくれた。
チャームポイントは、
赤《あか》くて短《みじか》い髪《かみ》の毛《け》。

あたしの生《う》まれた工場《こうじょう》は、
外国《がいこく》にあるの。あたしにそっくりな
お人形《にんぎょう》が、そこにはたくさんいたわ。
あたしたちはみんな、
そろって長《なが》い髪《かみ》の毛《け》をしていた。
あたしたちはそこから船《ふね》に乗《の》って、
長《なが》い長《なが》い旅《たび》をした。日本《にっぽん》の
子《こ》どもたちに、あたしたちの
持《も》ち主《ぬし》になってもらうために。
そのあと、あたしの持《も》ち主《ぬし》になった
日本《にっぽん》の女《おんな》の子《こ》が、こういったの。

「こっちのほうがおしゃれよ。」

そしてその子《こ》は、あたしの長《なが》かった髪《かみ》を、はさみでジョキジョキ切《き》ってしまった！

それを見《み》たその子《こ》のママは、まっかな顔《かお》でカンカンにおこって、「あなたには二度《にど》とお人形《にんぎょう》をあげないわ。」といった。だからその子《こ》は、あたししかお人形《にんぎょう》を持《も》っていなかったの。

だけどここで大事《だいじ》なことは、あたしが長《なが》い髪《かみ》よりも、短《みじか》い髪《かみ》のほうがうんと気《き》に入《い》っていたってこと。

それさえ知《し》っていれば、あの子《こ》のママはあんなにおこらなかったわ。

レインボールームは、小学校《しょうがっこう》の中《なか》にある、相談室《そうだんしつ》って
よばれている場所《ばしょ》だ。
レインボーって、虹《にじ》のことよ。
あか、オレンジ、きいろ、みどり、あお、むらさき。
元気《げんき》な子《こ》、明《あか》るい子《こ》、
やさしい子《こ》、正直《しょうじき》な子《こ》、
まじめな子《こ》、
ひょうきんな子《こ》……。
虹《にじ》みたいに、
いろんな色《いろ》の子《こ》たちが
集《あつ》まるところだから、

この学校《がっこう》の校長先生《こうちょうせんせい》が、
そういう名前《なまえ》を
つけたんだって。

こまっている子《こ》が相談《そうだん》
に来《く》ることもあるけれど、
だれかに聞《き》いてほしいこ
とを、ただおしゃべりに
来《き》てもいい。
レインボールームは、
そういう場所《ばしょ》だ。

この人《ひと》の名前《なまえ》は、入口今日子《いりぐちきょうこ》さん。子《こ》どもたちからは、「入口《いりぐち》さん」ってよばれている。

入口《いりぐち》さんは相談室《そうだんしつ》の先生《せんせい》だけど、みんなに何《なに》かを教《おし》えるより、お友《とも》だちになりたいって考《かんが》えているみたい。だから、「先生《せんせい》ってよばなくてもいいよ。」って、みんなに伝《つた》えている。

「おはよう、エマ。」

一週間《しゅうかん》のうちで火曜日《かようび》だけ、レインボールームは開《あ》いている。火曜日《かようび》の朝《あさ》、入口《いりぐち》さんはそういって部屋《へや》に入《はい》ってくる。

「じゃあね、エマ。」

その日《ひ》が終《お》わると、入口《いりぐち》さんはそういって帰《かえ》っていく。つぎに会《あ》えるのは、一週間後《しゅうかんご》だ。

三年生《ねんせい》のこの子《こ》は、レインボールームに最近《さいきん》いちばんよく来《く》る子《こ》。授業《じゅぎょう》が始《はじ》まるまえと、昼休《ひるやす》みに、ほとんど毎週来《まいしゅうく》る。

この子《こ》がはじめてここに来《き》た日《ひ》のこと、よくおぼえているわ。クラスの子《こ》にいじめられて、泣《な》きながらその子《こ》はやってきた。すごくかなしそうな顔《かお》をしていた。

ようやく泣《な》きやんだその子《こ》に、入口《いりぐち》さんは名前《なまえ》をたずねた。

「お名前《なまえ》は？」

「……でぐち、なお。」

「あら、出口《でぐち》さん。わたしは入口《いりぐち》。いいコンビだね。」

入口《いりぐち》さんがそういったら、出口《でぐち》さんはちょっとだけ笑《わら》った。

「この人形《にんぎょう》、かわいい。」

出口《でぐち》さんはそういって、テーブルの上《うえ》のあたしをほめてくれた。

「エマっていうの。」

「エマ。かわいい名前《なまえ》。」

「おしゃべりを聞《き》くのが好《す》きなのよ。なんでもお話《はな》ししてあげて。」

出口《でぐち》さんはあたしを手《て》にとって、あたしの短《みじか》い髪《かみ》をなでた。

「よろしくね、エマ。」
よろしくね、出口《でぐち》さん。
そうしてあたしたちは友《とも》だち
になった。

ところで、出口《でぐち》さんは男《おとこ》の子《こ》だ。
だけど、女《おんな》の子《こ》になりたいと思《おも》っている。
スカートをはいてみたり、
髪《かみ》の毛《け》をのばしてみたり、
かわいいものを集《あつ》めてみたり、
そういうことを、
ずっとしていたい。

三年生《ねんせい》の教室《きょうしつ》で、出口《でぐち》さんは女《おんな》の子《こ》となかよくしたい。だけど、あるときクラスの男《おとこ》の子《こ》がいったんだって。
「男《おとこ》のくせに、女《おんな》とばっかりいるなよ。へんだぞ。」
出口《でぐち》さんにも、へんだなと思《おも》うことがあった。自分《じぶん》が男《おとこ》の子《こ》に生《う》まれてきたことが、へんだなと思《おも》っていた。だって気持《きも》ちは女《おんな》の子《こ》だったから。

出口《でぐち》さんのクラスの若森先生《わかもりせんせい》は、若《わか》い男《おとこ》の先生《せんせい》だ。若森先生《わかもりせんせい》は出口《でぐち》さんの考《かんが》えを聞《き》くと、とてもこまっていた。出口《でぐち》さんは若森先生《わかもりせんせい》が大好《だいす》きだから、こまっている先生《せんせい》を見《み》て、すこし悲《かな》しくなった。

そして若森先生《わかもりせんせい》は、

「レインボールームの入口《いりぐち》さんに相談《そうだん》しよう。」といった。

レインボールームで、出口《でぐち》さんは入口《いりぐち》さんに、こまっていることを相談《そうだん》した。

どうして自分《じぶん》は男《おとこ》の子《こ》に生《う》まれたのかな？　自分《じぶん》のことを「ぼく」ってよばなきゃいけないの？　いつか女《おんな》の子《こ》になれる？　これからどうなっちゃうのかな。

入口《いりぐち》さんは、出口《でぐち》さんと似《に》ている人《ひと》たちが、世《よ》の中《なか》にたくさんいるっていうことを、教《おし》えてくれた。

女《おんな》の子《こ》になりたい男《おとこ》の子《こ》、
男《おとこ》の子《こ》になりたい女《おんな》の子《こ》、
男《おとこ》の子《こ》でも女《おんな》の子《こ》でも
ないような
気《き》がする子《こ》、

男《おとこ》の子《こ》が好《す》きな男《おとこ》の子《こ》、
女《おんな》の子《こ》が好《す》きな女《おんな》の子《こ》
……ほかにもたくさん。

この学校《がっこう》の先生《せんせい》や
子《こ》どもたちの中《なか》にだって、
きっと何人《なんにん》も
いるんだって！

「ひとりひとりちがうだけ。
それは悪《わる》いことじゃないし、
こわがることでもないの。
だいじょうぶよ。」
入口《いりぐち》さんがそういうのを、
出口《でぐち》さんはじっと聞《き》いていた。
レインボールームには、そういうことを
教《おし》えてくれる本《ほん》も、じつは何冊《なんさつ》かおいてある。

「いつでも読《よ》みにきていいわよ。」

入口《いりぐち》さんの言葉《ことば》を聞《き》いて、出口《でぐち》さんはほっとしていた。

レインボールームに通《かよ》っているうちに、出口《でぐち》さんはだんだん笑顔《えがお》になっていった。

そのすがたを見《み》て、入口《いりぐち》さんも、そして若森先生《わかもりせんせい》も、だんだん元気《げんき》になっていったことを、あたしはよーく知《し》っている。

火曜日《かようび》。

昼休《ひるやす》みに女《おんな》の子《こ》がやってきた。

はじめて見《み》る子《こ》だ。

ほっそりしていて、髪《かみ》が長《なが》くて、背《せ》の高《たか》い女《おんな》の子《こ》。

マスクをつけている。

「マスク、ありますか？」

その子《こ》はいった。

入口《いりぐち》さんは首《くび》をかしげて、

「マスクなら、しているじゃない。」

と答《こた》えた。

「これ、ぬれちゃったの。水《みず》を飲《の》もうとしたときに。」

よく見《み》ると、たしかにそのマスクはびしょびしょだった。

「でも、ここにはマスクはないの。保健室《ほけんしつ》に行《い》けば、もらえるんじゃないかしら。」

「保健室《ほけんしつ》の先生《せんせい》が、ここに行《い》ってみなさいって。」

「あら、そう。じゃあ、すわって。マスクがあるかどうか、さがしてみるわね。」

その子《こ》はあたしの目《め》の前《まえ》にすわった。

入口《いりぐち》さんは、机《つくえ》の引《ひ》き出《だ》しをごそごそかきまわしている。

だけど、ほんとうはそこにはマスクなんかないことを、入口《いりぐち》さんもあたしも知《し》っている。

入口《いりぐち》さんは、マスクをさがすふりをしながら、その子《こ》にかける言葉《ことば》をさがしている。

「かぜをひいているのかしら。」

「……ううん。」

「だったら、どうしてマスクをしたいの？」

「……べつに。なんとなく。」

「しなくちゃだめ？」

「だめ。」

きっぱりと、その子《こ》は答《こた》えた。

「だめね、やっぱりないみたい。そのマスク、かわかしてみようか。そのまえに、クラスと名前《なまえ》を聞《き》いてもいいかな。」

「……佐藤《さとう》なごみ。五年《ねん》二組《くみ》。」

「なごみちゃんか。すてきな名前《なまえ》ね。」

なごみちゃんはてれくさそうに、ちょっとだけ笑《わら》った目《め》をした。

そして、なごみちゃんはマスクを外《はず》して、窓辺《まどべ》でかわかした。天気《てんき》のいい日《ひ》だったから、昼休《ひるやす》みが終《お》わるころには、また使《つか》えるようになった。

マスクをかわかしている間《あいだ》
ずっと、なごみちゃんは
ハンカチで口《くち》もとを
かくしていた。
「マスクを外《はず》せない
子《こ》なのね……。」
なごみちゃんが帰《かえ》ったあと、
入口《いりぐち》さんがそうつぶやいた。

なごみちゃんは次《つぎ》の週《しゅう》から、火曜日《かようび》の
お昼《ひる》に、給食《きゅうしょく》を食《た》べにくるようになった。

教室《きょうしつ》でマスクを外《はず》せないからだ。それ以外《いがい》の曜日《ようび》は、保健《ほけん》室《しつ》で食《た》べているんだって。

なごみちゃんは、クラスのことをひとことも話《はな》さない。

あるとき、あたしは見《み》てしまった。レインボールームで給《きゅう》食《しょく》をひとりで食《た》べながら、なごみちゃんが涙《なみだ》をこぼしているところを。

また別《べつ》の火曜日《かようび》、入口《いりぐち》さんはみんなの教室《きょうしつ》に出《で》かけた。ふだんのみんなのようすを見《み》ていることで、みんなの相談《そうだん》にのりやすくなるからだ。

五年《ねん》二組《くみ》は、なごみちゃんのクラス。お楽《たの》しみ会《かい》の劇《げき》の練《れん》習中《しゅうちゅう》だ。あたしは入口《いりぐち》さんの胸《むね》ポケットから、みんなのことを見《み》ていた。

「あっ、入口《いりぐち》さんだ。」

「入口《いりぐち》さん、わたしのとなりにすわって！」

入口《いりぐち》さんは人気者《にんきもの》。みんなが入口《いりぐち》さんのとなりにすわりたがるけれど、なごみちゃんはしらんぷり。

でもほんとうは、なごみちゃんも入口《いりぐち》さんのとなりにすわりたいんだよね。なごみちゃんがそういう気持《きも》ちでいることを、入口《いりぐち》さんもちゃんと気《き》づいているわ。相談室《そうだんしつ》の先生《せんせい》は、人《ひと》の気持《きも》ちを考《かんが》えるのがとくいなの。

よく見《み》ると、この教室《きょうしつ》には、たくさんマスクをしている子《こ》たちがいた。

「かぜがはやっているんですか？」

入口《いりぐち》さんが担任《たんにん》の杉山先生《すぎやませんせい》に聞《き》くと、杉山先生《すぎやませんせい》はこまったような顔《かお》をした。

「マスクのことですか？」

「ええ、している子《こ》が多《おお》いみたいだから。」

「かぜぎみの子《こ》もいるし、アレルギーの子《こ》もいますけど、なんとなくしている子《こ》が多《おお》いみたい。」

「なんとなく、ね……。」

　マスクをすることは、いけないことではないけれど、外《はず》したほうがいいこともある。たとえば、運動会《うんどうかい》、プール、写真撮影《しゃしんさつえい》、合唱《がっしょう》コンクール。
　それにこの劇《げき》、マスクをした警察官《けいさつかん》、マスクをした泥棒《どろぼう》、マスクをした天使《てんし》、マスクをしたネズミ……、なんだかちょっとふしぎだわ。

「顔《かお》を見《み》られるのが、はずかしいのかもしれません。あとは、自分《じぶん》に自信《じしん》がないとか。マスクをしていると、安心《あんしん》するんでしょうね。」

杉山先生《すぎやませんせい》はそういった。顔《かお》が見《み》えないようにするなんて、まるで仮面《かめん》をつけているみたい。

「だけど、表情《ひょうじょう》が見《み》えないのはさみしいわね。」

そう、あたしとちがって、みんなには表情《ひょうじょう》がある。

それなのに、わざと顔《かお》をかくしてしまうの……？

つぎに、入口《いりぐち》さんは三年《ねん》四組《くみ》の教室《きょうしつ》をのぞいた。出口《でぐち》さんのクラスだ。この教室《きょうしつ》には、マスクをしている子《こ》はひとりもいない。

「笑顔《えがお》がしっかり見《み》えるっていいね。」

出口《でぐち》さんはクラスの女《おんな》の子《こ》たちと仲《なか》がいい。悪口《わるぐち》をいう男《おとこ》の子《こ》もいるけど、もうだいじょうぶ。そういう意地悪《いじわる》な子《こ》は、出《で》口《ぐち》さんは相手《あいて》にしない……ふりをして、あとでちゃんと入口《いりぐち》さんにいいつける！

いやなことをいわれたとき、じっとだまってがまんするのはよくないよ。うれしいときに、笑顔《えがお》をかくしてしまうのも。

大切《たいせつ》な気持《きも》ちは、きちんと言《こと》葉《ば》にしないと、なかなか伝《つた》わらないこともあるの。

もしもあたしに気持《きも》ちを伝《つた》えることができるなら、あのときちゃんと伝《つた》えたかったわ。

すてきな髪形《かみがた》にしてくれて、どうもありがとう、ってね。

教室《きょうしつ》のようすを見《み》たあとは、レインボールームで面談《めんだん》の約束《やくそく》があった。入口《いりぐち》さんはいそがしい。

面談《めんだん》にやってきたのは、出口《でぐち》さんのおかあさん。

もうすぐプール開《びら》きだ。プールの水着《みずぎ》は男《おとこ》の子用《こよう》でいいの？　プールの更衣室《こういしつ》は、男《おとこ》の子《こ》といっしょ？　それとも女《おんな》の子《こ》といっしょ？　出口《でぐち》さんは女《おんな》の子《こ》と着《き》がえたいけど、女《おんな》の子《こ》たちはどう思《おも》うかな？　そういうことを、相談《そうだん》しなくちゃいけない。

話《はな》し合《あ》いの結果《けっか》、今年《ことし》はみんなが着《き》がえ

おわってから、女子更衣室《じょしこういしつ》を使《つか》うことになった。

「来年《らいねん》、再来年《さらいねん》と、成長《せいちょう》にしたがって気持《きも》ちも変《か》わってくると思《おも》います。直樹《なおき》さんの気持《きも》ちを第一《だいいち》に、いっしょに考《かんが》えていきましょう。」

入口《いりぐち》さんがそういうと、おかあさんは目《め》をきょろきょろさせて、不安《ふあん》そうな顔《かお》をした。

「でも、一時的《いちじてき》なものかもしれませんでしょ？　来年《らいねん》は、もとにもどるかも。」

「そう決《き》めつけずに、いっしょに見《み》ていきましょう。」

ばかみたい。

はじめから心《こころ》は女《おんな》の子《こ》だったのに、もとにもどるもなにもないわ。

そう思《おも》っていたら、突然《とつぜん》、おかあさんがあたしを見《み》た。ドキッ。

「こういう人形《にんぎょう》、みんな捨《す》てちゃったんです。」

「捨《す》てた……？」

入口《いりぐち》さんが首《くび》をかしげると、おかあさんは話《はな》しはじめた。

「直樹《なおき》が気《き》に入《い》って、いつも自分《じぶん》のポケットに入《い》れていた、女《おんな》の子《こ》の小《ちい》さなお人形《にんぎょう》。アニメキャラクターのね。直樹《なおき》がほんの小《ちい》さなころに、買《か》ってあげたものです。すごくほしがっ

たものだから。」

とてもショックだった。なんてことを！　ひどいわ。あんまりよ。

入口《いりぐち》さんはとても静《しず》かに、おかあさんと向《む》き合《あ》っていた。

「なぜ、捨《す》てたのですか？」

「だって、おかしいでしょう。男《おとこ》の子《こ》がいつまでも人形遊《にんぎょうあそ》びなんて。」

「そうでしょうか。」

「そのせいで、近所《きんじょ》の子《こ》にからかわれていたわ。だから、しょうがなかったんです。」

おかあさんは、そういって泣《な》いた。

人形《にんぎょう》だから涙《なみだ》なんか出《で》ないけど、あたしも心《こころ》の中《なか》で泣《な》いていた。

捨《す》てられた人形《にんぎょう》の仲間《なかま》たちや、お友《とも》だちをなくした出口《でぐち》さんが、とてもかわいそうだったから。そして、そんなことをしなくてはならなかった、おかあさんもかわいそう。

おかあさんが帰《かえ》ったあとで、入口《いりぐち》さんはためいきをついて、ひさしぶりにあたしに話《はな》しかけてくれた。

「あなたはまちがったことをしましたよって、いってあげられればいいんだけどね。」

入口《いりぐち》さんはいつもいっている。スクールカウンセラーは、

答《こた》えを決《き》めつける仕事《しごと》じゃなくて、
ヒントをあげる仕事《しごと》なんだって。
「おかあさんが自分《じぶん》で
気《き》がついてくれなくっちゃ、
意味《いみ》がないのよ。」

給食《きゅうしょく》のあと、レインボールームの前《まえ》のろうかで、出口《でぐち》さんがうろうろしていることに、入口《いりぐち》さんは気《き》がついた。きっと、おかあさんの面談《めんだん》のことを知《し》っていて、気《き》になっているんだ。

ちょうどそのとき、なごみちゃんは給食《きゅうしょく》を食《た》べおえたところだった。

あたしと入口《いりぐち》さんは、すぐにわかったわ。出口《でぐち》さんがなごみちゃんとなかよくなりたがっているってことに。なごみちゃんはすてきなおねえさんだもの。

「よかったら、ちょっとおしゃべりしてみない？」

なごみちゃんは、はじめは乗《の》り気《き》じゃなかった。三年生《ねんせい》の子《こ》なんて、子《こ》どもっぽい。話《はな》してもつまらない。そう思《おも》ったんだ。
入口《いりぐち》さんは、「お絵《え》かきリレー」をしようといった。

「じゃあ、はじめは『エマ』から。最初《さいしょ》だけわたしがかくね。うーん、絵《え》はあまりとくいじゃないんだけど……。」

入口《いりぐち》さんが画用紙《がようし》を持《も》ってきて、超《ちょう》へたくそなあたしの絵《え》をかいた。なごみちゃんも出口《でぐち》さんもやさしくて、笑《わら》うのをがまんしてくれている。こういうときは、マスクって便利《べんり》ね。

お絵《え》かきリレーは、お絵《え》かきのしりとりだ。ときどき、レインボールームでやっている子《こ》たちを見《み》かける。

最初《さいしょ》が「エマ」だから、つぎは、「マ」からはじ

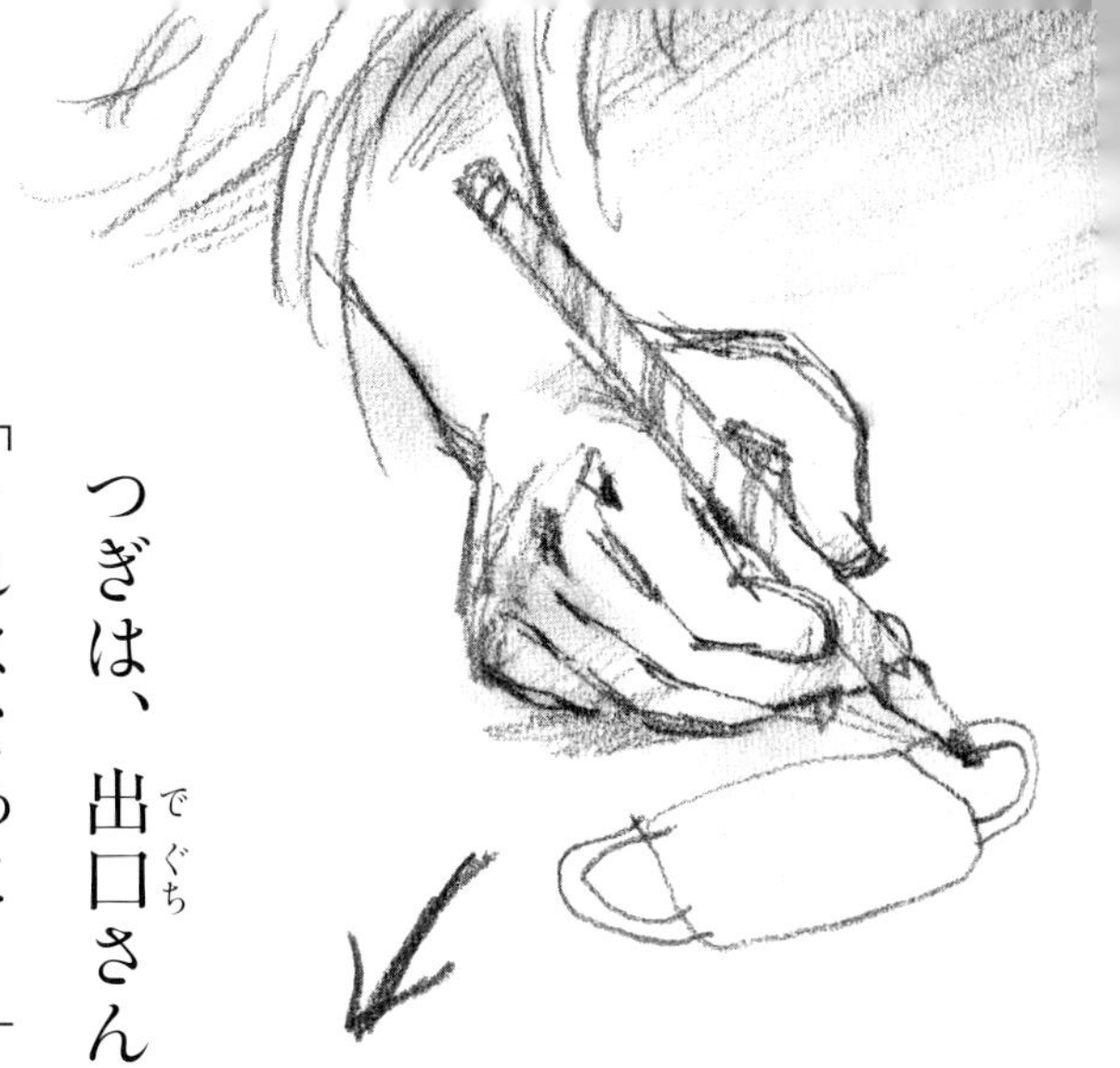

まる絵《え》をかかなきゃいけない。

なごみちゃんはめんどうくさそうに、マスクの絵《え》をかいた。

「それはなぁに？」

と、入口《いりぐち》さん。

「マスクに決《き》まってるでしょ。」

つぎは、出口《でぐち》さんがかわいいクジラの絵《え》をかいた。

「それはなぁに？」

「クジラだよ。」

つぎになごみちゃんがかいたのは、長《なが》い丸《まる》みたいな、ちっともやる気《き》の感《かん》じられない絵《え》だった。

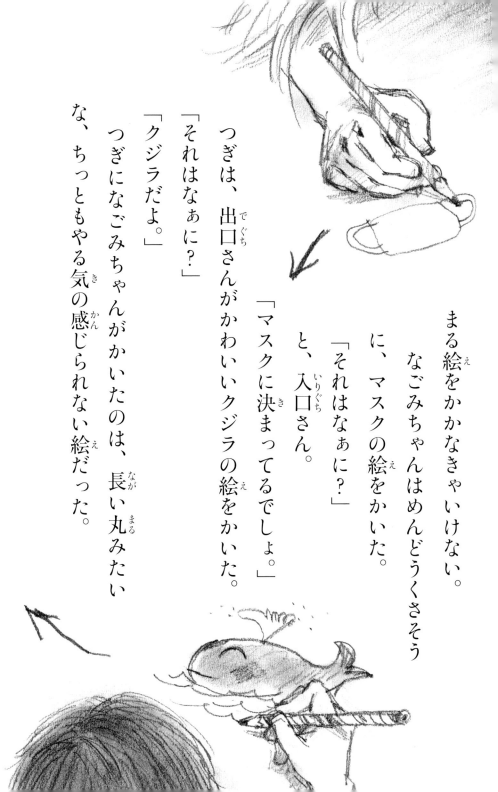

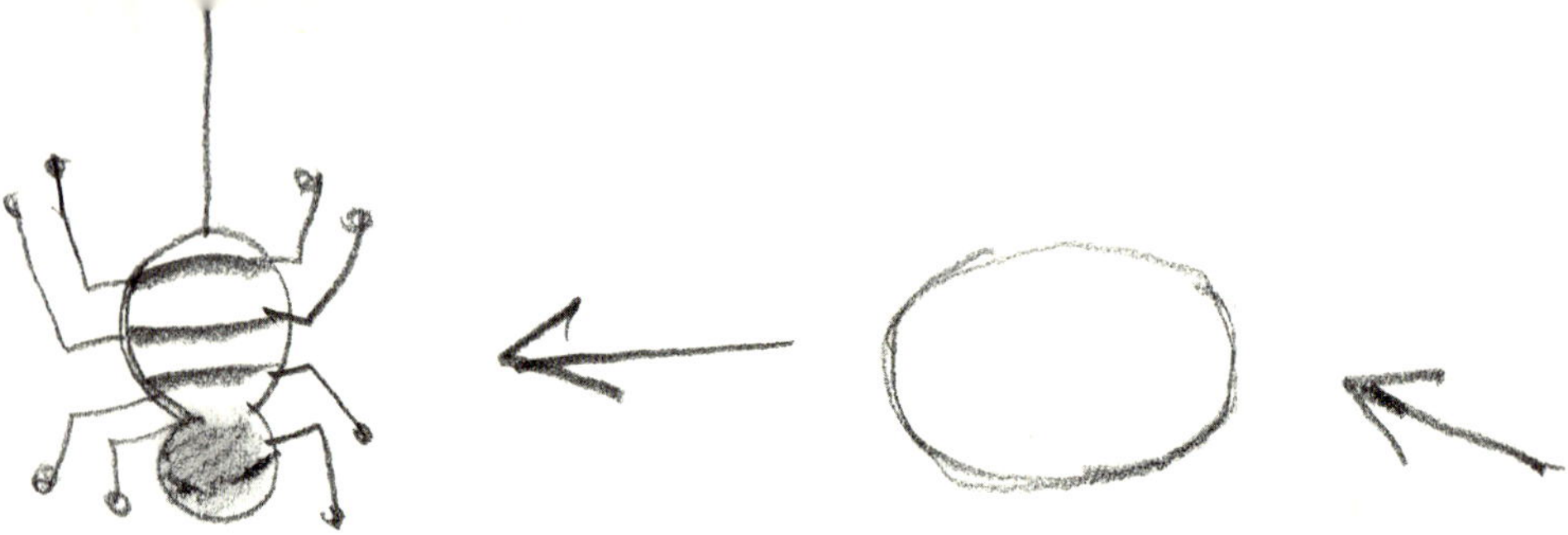

「なぁに、それ？」

今度《こんど》はほんとうにわからなくて、
入口《いりぐち》さんはなごみちゃんに聞《き》いた。

なんだかわからないと、しりとりができない。

「……ラスク。」

「なるほど。」

ラスクってなんだろう。

とにかく、つぎは出口《でぐち》さんが
虫《むし》のクモをかいた。

つぎは、なごみちゃん。

モからはじまる何《なに》かをかかなきゃ。

「モ……？」

「五年生《ねんせい》なんだから、ちょっとむずかしいの、かいてよ。」

出口《でぐち》さんがいったら、なごみちゃんは「なまいきね。」という顔《かお》をした。

なごみちゃんがかいたのは、モンブランだった。

それ、知《し》ってるわ。入口《いりぐち》さんがたまにここで食《た》べてるもの。

出口《でぐち》さんは、なごみちゃんの絵《え》をほめた。

「うわぁ、じょうず。」

でも、モンブラ、ン、だよ。」

「あっ。」

絵《え》をかくことに、気《き》をとられてしまったのね。

「ン」で終《お》わったら、続《つづ》きができません。

なごみちゃんも入口《いりぐち》さんも、笑《わら》ってしまった。

「おねえさん、お菓子《かし》が好《す》きなの？」

「え？」

「ラスクもモンブランも、お菓子《かし》でしょ。」

「あ、ほんとだ。」

「お菓子《かし》、おいしいもんねぇ。」

出口《でぐち》さんがにこにこしながら話《はな》しかける。マスクの向《む》こうで、なごみ

ちゃんは口《くち》ごもっている。

「ん、そうだね。」

そして、なごみちゃんはちょっと考《かんが》えてから、つけたした。

「お菓子《かし》が好《す》きっていうよりも、食《た》べものぜんぶが好《す》きかな。おいしいものを食《た》べると、幸《しあわ》せな気持《きも》ちになるから。」

「わかる、わかる。それに、みんなで食《た》べると、もっとおいしいよね。」

出口《でぐち》さん、いいこといった！　入口《いりぐち》さんが心《こころ》の中《なか》でガッツポーズをしたのが、あたしにはわかった。

「そう？　ひとりで食《た》べても、味《あじ》は同《おな》じでしょ。」

なごみちゃんは、そっけない。でも、出口《でぐち》さんはめげない。

「ねぇ、いつもここで給食《きゅうしょく》食《た》べてるの？」

「……まぁね。火曜日以外《かようびいがい》は、保健室《ほけんしつ》だけど。」

「保健室《ほけんしつ》かぁ。藤田先生《ふじたせんせい》、きれいだよね。」

保健室《ほけんしつ》の先生《せんせい》の名前《なまえ》が出《で》たとたん、なごみちゃんはむすっとした。

「でも、きれいすぎる。わたしは入口《いりぐち》さんのほうが好《す》き。」

「まぁ、ありがとう。それって、ほめてる？」

入口《いりぐち》さんはそういって笑《わら》った。

「ねぇねぇ、きれいすぎると、なんでいけないの？」

出口《でぐち》さんはふしぎそうな顔《かお》で、なごみちゃんに聞《き》いている。なごみちゃんはしばらくだまっていたけど、ようやく小《ちい》さな声《こえ》で答《こた》えた。

「きれいな人《ひと》に、きれいじゃない人《ひと》の気持《きも》ちって、わからないと思《おも》う。」

「きれいじゃない人《ひと》って？」

「……わたしのこと。」

ちょっとまよってから
マスクを外《はず》して、なごみちゃんははじめてあたしたちにちゃんと顔《かお》を見《み》せてくれた。

「わたし、ブスだから。」

そういって、なごみちゃんは泣《な》きだしてしまった。

なごみちゃんには、なやみごとがあった。

クラスの男《おとこ》の子《こ》から、鼻《はな》の穴《あな》が大《おお》きいって、からかわれたんだって。それで、人《ひと》に鼻《はな》を見《み》られるのが、こわくなっちゃったんだって。

「そう。だからマスクをしているのね。」

かわいそうに。その男《おとこ》の子《こ》は、きっとなごみちゃんを傷《きず》つけるようないい方《かた》をしたのね。入口《いりぐち》さんはなごみちゃんが泣《な》きやむまで、頭《あたま》をなでてあげていた。

「わ、わたしの鼻《はな》、ブタみたいなんだって。」

「ふぅん。」

出口《でぐち》さんは、よくわからないなぁという顔《かお》をしている。

「それって、なやみごとなの？

なんかじまんしてるみたい。」

「えっ。」

なごみちゃんも、入口《いりぐち》さんも、そしてあたしもびっくりした。

「だって、ブタさんって、すごーくかわいいよね？」

　そうか、出口《でぐち》さんは生《い》きものが好《す》きなのね。お絵《え》かきリレーで、生《い》きものの絵《え》ばかりかいていたもの。

「そういうの、チャームポイントっていうのよ。」

入口《いりぐち》さんが口《くち》をはさんだ。

「ほかの人《ひと》よりも、個性的《こせいてき》で、すてきなところっていう意味《いみ》。

ブタさんの鼻《はな》は、たしかにチャームポイントね。」

「チャームポイント？」

「藤田先生《ふじたせんせい》の鼻《はな》は高《たか》くてかっこいいけど、ツンとした感《かん》じがするって、そう思《おも》う人《ひと》もいるかもしれない。どっちが好《す》きかは、人《ひと》によってちがうと思《おも》うわ。なごみちゃんも、きれいな藤田先生《ふじたせんせい》よりも、そうでもないわたしのほうがいいって、さっきいったじゃない。」

「……きれいじゃないとは、いわなかったです。」

なごみちゃんがいいわけすると、入口《いりぐち》さんは大笑《おおわら》い。つられて、なごみちゃんも笑《わら》った。

そして、出口《でぐち》さんは突然《とつぜん》あたしのことを見《み》て、こういった。

「エマのチャームポイントは、ショートカットだよね。」

うれしい！

出口《でぐち》さん、わかってる！

　でも、なごみちゃんは首《くび》をかしげた。

「そうかなぁ。長《なが》いほうが似合《にあ》いそうだけど。」

「そう、そう！　だから、うーんと、なんていうのかなぁ。」

　上手《じょうず》に言葉《ことば》が出《で》てこなくて、出口《でぐち》さんはくやしそうにしている。

　そこですかさず、入口《いりぐち》さんが出口《でぐち》さんを助《たす》けた。

「だから、だれかから悪《わる》くいわれても、全員同《ぜんいんおな》じように思《おも》っているとはかぎらないって、出口《でぐち》さんはそういいたいのね。」

「はい！　そうです。」

出口《でぐち》さんはにっこり笑《わら》った。それを聞《き》いていたなごみちゃんは、感心《かんしん》したようにいった。

「なんだか、しっかりしていて、わたしより年上《としうえ》みたい。」

あたしね、気《き》がついていたんだ。

そうやってふたりがおしゃべりしているのを、ろうかの窓《まど》から、若森先生《わかもりせんせい》と杉山先生《すぎやませんせい》が、こっそり見《み》ていたってことに。

放課後《ほうかご》になると、そのふたりの先生《せんせい》が、レインボールーム
にやってきた。
「とてもいい時間《じかん》でしたね。」
「すてきなお友《とも》だちができたみたいで。」
先生《せんせい》たちは、生徒《せいと》のことが気《き》になって、じつはよく相談室《そうだんしつ》
にやってくる。
入口《いりぐち》さんのもうひとつのお仕事《しごと》は、先生《せんせい》たちに生徒《せいと》のこと
を教《おし》えてあげることだ。
相談室《そうだんしつ》の先生《せんせい》だけじゃないのよ。学校《がっこう》には、みんなのこと
を気《き》にかけてくれているおとなが、たくさんいるよ。

ある日《ひ》、ちょっとした事件《じけん》が起《お》きた。

昼休《ひるやす》みにレインボールームにやってきた出口《でぐち》さんは、あたしのことを、いつも以上《いじょう》にじっと見《み》ていたの。そして、なんだかずっとそわそわしていた。

そしてつぎの瞬間《しゅんかん》、あたしのことをズボンのポケットに入《い》れてしまった……！

入口《いりぐち》さんは背中《せなか》を向《む》けていたから、たぶん気《き》がついていないわね。

出口《でぐち》さん、これはゆうかいよ。

これからあたしは、出口《でぐち》さんの家《いえ》ですごすことになるのかしら……？　それは

それで楽《たの》しいかも。出口《でぐち》さんはいい子《こ》だし、いっしょに遊《あそ》んでくれそうだわ。でも、入《いり》口《ぐち》さんがさみしがるわね。
そのとき、給食《きゅうしょく》の食器《しょっき》を片《かた》づけていたはずのなごみちゃんが、こういったの。
「うちにも人形《にんぎょう》とかぬいぐるみとか、たくさんいるんだ。」
それを聞《き》いた出口《でぐち》さんは、びくっとして、体《からだ》の動《うご》きを止《と》めた。

「今度《こんど》、学校《がっこう》に持《も》ってくるね。」

「え……？」

「出口《でぐち》さんにあげる。エマよりもかわいい子《こ》、たくさんいるから。」

なんですって？　ちょっとびみょうな気分《きぶん》になったけど、まぁ、いいわ。

なごみちゃんは見《み》ていたんだ。あたしがここに入《い》れられるところを。それで、あたしを助《たす》けようとしてくれているのね。

あたりはまっくらで何《なに》も見《み》えない。出口《でぐち》さんがポケットに入《い》れた手《て》が、あたしのことをぎゅっとにぎりしめた。

「……でも、また捨《す》てられちゃうかも。」

「おかあさんに、わたしから借《か》りてるっていって。そしたら、捨《す》てられないから。」

「あら、よかったね、出口《でぐち》さん。……昼休《ひるやす》みが終《お》わるまえに、わたし、ちょっとトイレに行《い》ってこようかな。」

「わたしはもう食《た》べおわったから、教室《きょうしつ》にもどるね。」

ドアが開《ひら》く音《おと》がして、それからすこし時間《じかん》がたった。

今《いま》、レインボールームにいるのは、出口《でぐち》さんだけかしら。

出口《でぐち》さんはポケットからあたしを出《だ》してくれた。

「ごめんね、エマ。」

泣《な》きそうな顔《かお》で、出口《でぐち》さんはいった。

出口《でぐち》さんは、手《て》のひらの上《うえ》のあたしのことをじっと見《み》ると、そっとあたしに話《はな》しかけた。


「捨《す》てないでほしいって、ちゃんといえばよかった。」

だいじょうぶ、今《いま》からでも間《ま》に合《あ》うわよ。

「そう？」

うん。いってごらん、おかあさんに。

いわないと、伝《つた》わらないよ。

「わかった。ちゃんという。」

いい子《こ》ね。

「ありがとう、エマ。」

思《おも》っていることを言葉《ことば》にするのって、
すごくむずかしいこともある。
だけど、何《なに》かを伝《つた》えようとする気持《きも》ちは、
人《ひと》の心《こころ》にきっと届《とど》くわ。

入口《いりぐち》さんがもどってきた。
出口《でぐち》さんは、そっとあたしを
テーブルの上《うえ》にもどしてくれた。
そこにいる子《こ》は、今《いま》までの出口《でぐち》さん
とは、すこしちがったわ。
「さぁ、そろそろ教室《きょうしつ》にもどりなさい。」

入口《いりぐち》さんはそういって、笑顔《えがお》になった
その子《こ》を、相談室《そうだんしつ》からおくりだした。

それから何《なん》か月《げつ》かたった。

チャームポイントを教《おし》えてもらってから、なごみちゃんはときどきマスクを外《はず》せるようになった。だから、なごみちゃんは給食《きゅうしょく》の時間《じかん》になっても、レインボールームにやってこない。ちょっとさみしいけど、それはうれしいことなんだって、入口《いりぐち》さんはいうの。

出口《でぐち》さんは、今《いま》でもたまにレインボールームに来《く》る。すこ

しずつ、体《からだ》が男《おとこ》の子《こ》らしくなってきたこと、どうすればいいかわからないことを、入口《いりぐち》さんに相談《そうだん》している。

　きっと、あのあと出口《でぐち》さんは、おかあさんに自分《じぶん》の気持《きも》ちをきちんと伝《つた》えたのね。出口《でぐち》さんのおかあさんは、ちょっとずつ変《か》わってきたみたい。出口《でぐち》さんの大切《たいせつ》なものを、いっしょに大切《たいせつ》にしようって、そう思《おも》いはじめてくれている。

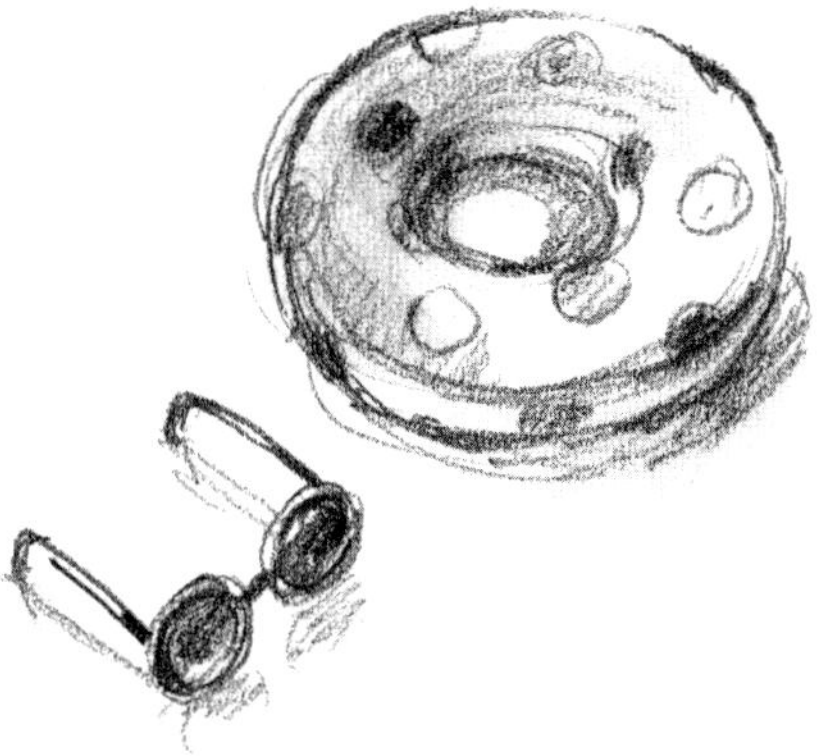

　このまえは、なごみちゃんといっしょに、かわいい雑貨屋《ざっかや》さんにつれていってくれたんだって。あたしにも、こんなおみやげをくれた。

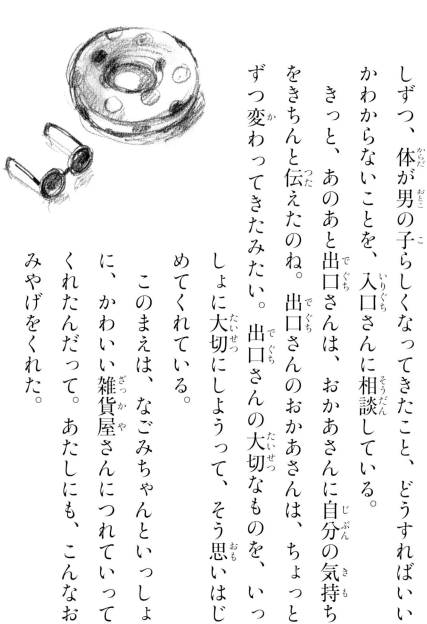

「入口《いりぐち》さんにもなやみがあるの？」

ひさしぶりにレインボールームにやってきたなごみちゃんが、入口《いりぐち》さんに聞《き》いた。出口《でぐち》さんもそばにいる。

「そうね、わたしにもあったよ、なやんでること。」

「なに？　どんなこと？」

「子《こ》どものころに、お友《とも》だちがいなかったの。」

「そうなの？」

「意外《いがい》。それで、どうしたの？」

「ひとりぼっちでさみしかったから、心《こころ》の中《なか》だけに大切《たいせつ》なお友《とも》だちをつくったわ。その子《こ》は、赤毛《あかげ》の女《おんな》の子《こ》だった。」

なごみちゃんと出口《でぐち》さんが、あたしのことを見《み》た。

「だけど、そのうち学校《がっこう》でお友《とも》だちができるようになったから、いつのまにかその子《こ》と遊《あそ》んだりはしなくなっちゃった。」

そう、よくおぼえてる。あのとき、あたしさみしかったわ。

「でも、一度《いちど》も忘《わす》れたことはない。」

わかってる。

「ほんとよ。」

入口《いりぐち》さんがあたしを見《み》てほほえんだから、あたしはとても幸《しあわ》せな気持《きも》ちになった。

相談室《そうだんしつ》の先生《せんせい》は、人《ひと》の気持《きも》ちを考《かんが》えるのがとくい。

あたしが短《みじか》い髪《かみ》を好《す》きだってことも、
だからきっと気《き》づいているのね。

スクールカウンセラーの まめちしき

スクールカウンセラーの
お仕事《しごと》にちょっぴりくわしくなる
オマケのおはなし

おしごとのおはなし

スクールカウンセラーって、どんなお仕事《しごと》？

スクールカウンセラーは、子《こ》どもたちひとりひとりのなやみの解決《かいけつ》を手助《てだす》けするお仕事《しごと》です。入口今日子《いりぐちきょうこ》さんは、どんななやみにも、まっすぐに耳《みみ》をかたむけて、出口《でぐち》さんやなごみちゃんに考《かんが》えるヒントをあげていましたね。

話《はな》したり、聞《き》いたりするだけではなく、お絵《え》かきリレーをしたり、編《あ》みものやゲームをしたりすることもあります。楽《たの》しい時間《じかん》をすごしながら、子《こ》どもの気持《きも》ちによりそいます。

ときどき、相談室《そうだんしつ》を出《で》て、教室《きょうしつ》の子《こ》どもたちのようすを見《み》に行《い》きます。入口《いりぐち》さんも、なごみちゃんの五年《ねん》

二組《くみ》や出口《でぐち》さんの三年《ねん》四組《くみ》の教室《きょうしつ》の見学《けんがく》をしていましたね。
見学《けんがく》していると、担任《たんにん》の先生《せんせい》には気《き》づかないクラスの問題《もんだい》や、子《こ》どもたちがかかえている問《もん》題《だい》に気《き》づきます。そんなときは、担任《たんにん》の先生《せんせい》といっしょに、子《こ》どもたちがどうしたらもっと楽《たの》しく自分《じぶん》らしく生《い》きることができるかを考《かんが》えます。
担任《たんにん》の先生《せんせい》だけではなく、保健室《ほけんしつ》の先生《せんせい》や校長先生《こうちょうせんせい》、子《こ》どものおとうさんやおかあさんたちにも相談《そうだん》をして、どうしたら子《こ》どもたちの問題《もんだい》を解決《かいけつ》できるか、考《かんが》えつづけるお仕事《しごと》です。

どんな人《ひと》がスクールカウンセラーにむいている？

人《ひと》の心《こころ》の問題《もんだい》にむき合《あ》いつづけるお仕事《しごと》です。そして、解決方法《かいけつほうほう》に「正解《せいかい》」はありません。人《ひと》の心《こころ》は、こうすればこうなるという決《き》まりきったルールはないからです。

どうしたらいいのか「考《かんが》えつづける」というのは根気《こんき》がいることです。入口《いりぐち》さんは出口《でぐち》さんの気持《きも》ちを、どうやっておかあさんに気《き》づいてもらうか、考《かんが》えていましたね。まちがっている人《ひと》に、「あなたはまちがっていますよ。」というのは簡単《かんたん》ですが、自分《じぶん》で気《き》づくことに大《おお》きな意味《いみ》があると思《おも》っているからです。

そして、いつか気《き》づいてくれるだろうと、信頼《しんらい》しているのです。スクールカウンセラーは、人《ひと》が好《す》きで、人《ひと》の力《ちから》を

信《しん》じていて、人《ひと》の助《たす》けになりたいという気《き》持《も》ちが強《つよ》い人《ひと》がむいています。

もし、人《ひと》の心《こころ》のケアをするお仕事《しごと》に関心《かんしん》があったら、クラスの友《とも》だちの感《かん》じていることを想《そう》像《ぞう》してみるのも、いいでしょう。その友《とも》だちのなやみにどうやって助《たす》けになることができるのか、考《かんが》えてみましょう。考《かんが》えても考《かんが》えてもわからなかったら、スクールカウンセラーに相談《そうだん》してみてもいいと思《おも》います。

スクールカウンセラーになるには？

「※臨床心理士《りんしょうしんりし》」という心《こころ》のケアの専門家《せんもんか》の資格《しかく》があります。いま、スクールカウンセラーの多《おお》くがこの資格《しかく》をもっています。大学院《だいがくいん》で学《まな》び、資格試験《しかくしけん》に合格《ごうかく》すれば、もらうことができます。こうした心《こころ》のケアの勉強《べんきょう》は必《かなら》ず必要《ひつよう》です。

経験《けいけん》を積《つ》むことも大事《だいじ》です。子《こ》どもたちひとりひとりとまっすぐむかい合《あ》って、いっしょに考《かんが》えていく経験《けいけん》を通《つう》じて、いいスクールカウンセラーに成長《せいちょう》していきます。

※臨床心理士の資格については２０１８年２月時点での情報です。２０１８年９月以降は「公認心理師」という国家資格が誕生します。

戸森しるこ｜ともりしるこ

1984年、埼玉県生まれ。武蔵大学経済学部経営学科卒業。東京都在住。『ぼくたちのリアル』（講談社）で第56回講談社児童文学新人賞を受賞し、デビュー。同作は児童文芸新人賞、産経児童出版文化賞フジテレビ賞を受賞。2017年度青少年読書感想文全国コンクール小学校高学年の部の課題図書に選定された。その他の作品に『十一月のマーブル』『理科準備室のヴィーナス』（ともに講談社）がある。

佐藤真紀子｜さとうまきこ

1965年、東京都生まれ。挿画や装画を担当した作品に「バッテリー」シリーズ（教育画劇、KADOKAWA）、『チャーシューの月』『ぼくらは鉄道に乗って』（ともに小峰書店）、『クリオネのしっぽ』『レイさんといた夏』『ぼくたちのリアル』（以上、講談社）、『先生、しゅくだいわすれました』（童心社）など多数。絵本に『おちんちんのえほん』（やまもとなおひで文・ポプラ社）などがある。

取材協力／鎌田温子（東京都公立学校スクールカウンセラー）
ブックデザイン／脇田明日香
巻末コラム／編集部

おしごとのおはなし　スクールカウンセラー
レインボールームのエマ

2018年2月13日　第1刷発行

作　戸森《ともり》しるこ
絵　佐藤真紀子《さとうまきこ》
発行者　鈴木　哲
発行所　株式会社講談社
〒112-8001 東京都文京区音羽2-12-21
電話　編集 03-5395-3535　販売 03-5395-3625　業務 03-5395-3615
印刷所　株式会社精興社
製本所　島田製本株式会社

N.D.C.913 79p 22cm ISBN978-4-06-220943-4